Zur Erinnerung

an meine Schwester Barbara

Herstellung und Verlag:
BoD – Books on Demand, Norderstedt
ISBN: 978-3-7481-7891-0

Zum Buch:

In diesem Buch erzählt Oma ihrem Enkelkind Tinchen über die gemeinsame Kindheit mit der "großen"Schwester und den Abenteuern, die die Geschwister Ende der 1950er Jahre erlebten. Eine Zeit, die für Eltern und auch für Kinder nicht immer leicht war. Da wird beim (Vor)lesen gewiss die eine oder andere Erinnerung wach. Neue Geschichten werden sich daraus ergeben, auch aus den Fragen der Kinder, die eintauchen in eine vergangene Zeit und staunend den Erzählungen aus Omas Kindheit lauschen.

Die Geschichten erzählen aus einer Zeit, als es noch keine Computer, smart phones, Supermärkte, Waschmaschinen, Farbfernseher und nur wenige Autos gab. Cola und Kaugummi, Corn Flakes und Ketchup gab es erst kurze Zeit und nicht nur die Kinder, auch die Erwachsenen waren verrückt danach.

Damals war für alles mehr Zeit. Zeit für Gesellschaftsspiele, wie "Mensch ärgere dich nicht", Halma oder das Hütchenspiel, Zeit zum Quatschen und Basteln, Zeit zum Träumen und Lesen.

Aus der ganz normalen Kindheit von zwei Schwestern wird hier erzählt, von den Freuden, den Ängsten und manchmal auch dem Kummer, den großen und kleinen Überraschungen, den spannenden Momenten und der Begeisterung über kleine und große Entdeckungen. Auch die warmen Momente, die traurigen und intensiven Erlebnisse erinnert Tinchens Oma. Momente voller Melancholie, Witz und Lebendigkeit.

Dieses Buch ist für alle geschrieben, die erkannt haben, dass menschliche Reife auch bedeutet, sich einen großen Teil der kindlichen Seele zu bewahren.

Gudrun Heidenreich

... und samstags Badetag

Oma erzählt aus ihrer Kindheit

in den späten 1950er Jahren

Fotos: Hans Heidenreich und Gudrun Heidenreich

Inhalt

Einschlafen mit Pupswolken

Meine Schwester und ich teilten uns ein Zimmer. Darin spielten wir gemeinsam und stritten auch ganz oft. Doch wenn wir abends im Bett lagen, war alles vergessen. Da haben wir dann viel Quatsch gemacht. Wir hatten uns ganz besondere Spiele ausgedacht, die man auch im Dunkeln und im Bett spielen konnte. Es begann immer mit dem Wörter-Rückwärts-Ratespiel. Da waren zunächst unsere Vornamen Nurdug und Arabrab. Das heißt Gudrun und Barbara. Aber das ist ja nichts Besonderes, du kannst sicher auch deinen Namen rückwärts sagen, nicht Nechnit? Schwierig war es bei Wörtern wie Gänseblümchen oder Luftmatratze. Wir überlegten dann sehr lange und sehr heftig, bis eine von uns rief: Ich habs! Wer das Wort am schnellsten rückwärts sagen konnte, der hatte gewonnen.

Und großes Gekicher war immer, wenn die „schlimmen Wörter" an der Reihe waren. Die verrate ich aber nicht.

Das Spiel Tiere raten machte auch großen Spaß. Da musste beschrieben oder besser gezeichnet werden, aber ohne Papier, nur mit Worten, wie das Tier aussieht, das zu erraten war. Ob es Fell hat, ob es kriecht oder springt , ob es Töne macht oder ganz still auf dieser Welt so vor sich hin lebt.

Spannend war das Spiel Personen raten. Alle möglichen Leute wurden beschrieben, die man so kennt. Da musste dann ein Mensch erraten werden, der dick ist, eine Knollennase hat und stinkt. Das war dann der Kassierer von Papas Gesangverein. Oder es sollte eine Frau mit gelben Haaren erraten werden, die immer lacht wie ein scheppernder Mülleimerdeckel (damals waren Mülleimer noch aus Eisen) und Pickel auf den Armen hat. Das war dann Fräulein Bertram, die Nachbarin. Fräulein nannte man junge Frauen, die noch nicht verheiratet waren. Manchmal waren alte Frauen auch Fräuleins, wenn sie keinen Mann gefunden hatten oder keinen wollten. Also wenn sie nicht verheiratet waren.

Wir haben immer wie verrückt gelacht bei diesen Spielen. Und manchmal waren wir so albern, dass Mama den Kopf zur Tür rein steckte und sagte: Nun wird es aber Zeit zum Schlafen! - Es wurde ganz hell im Zimmer vom Flurlicht, wir sahen Mama nur als Schatten und dann war sie auch schon wieder verschwunden. Als wäre da draußen eine fremde Welt. Wir waren dann erst mal ganz leise, hielten die Luft an und prusteten plötzlich wieder los, kicherten und konnten nicht mehr aufhören, dass nennt man Lachkrampf. Manchmal legte ich mich auch zu meiner Schwester ins Bett, wir kuschelten uns aneinander und sie las mir eine Geschichte aus unserem Lieblingsbuch vor. Stell dir vor Tinchen, das Buch habe ich immer noch. Man muss es ganz vorsichtig behandeln, weil es sonst auseinander fällt. - Das war schön und manchmal schlief ich dabei ein. Aber ich musste ja wieder in mein Bett zurück und das war sehr kalt, da wurde ich dann wieder wach. Wenn endlich Zeit zum schlafen war, sagte eine von uns: So jetzt beten wir.

Dann wurde es ganz still und wir sprachen in Gedanken unsere Gebete. Ich habe immer zuerst dem lieben Gott gesagt, dass mir dies und das sehr leid tut, zum Beispiel, dass ich frech war zu Mama oder dass ich der Katze auf die Pfote getreten bin. Dann habe ich den lieben Gott darum gebeten, er soll auf alle gut aufpassen. Vor allem war es immer ganz wichtig, den lieben Gott zu bitten, dass es niemals einen Krieg geben möge, denn davor hatte ich riesige Angst. Die Erwachsenen erzählten immer so schreckliche Sachen darüber, denn es war noch nicht so lange her, dass der 2. Weltkrieg so viel zerstört hatte.

Es wurde das Gebet: Lieber Gott mach mich fromm, dass ich in den Himmel komm! und das „Vaterunser" gebetet, dann war alles erledigt und damit der andere wusste, dass das Gebet beendet war, wurde laut „Amen" gesagt. Wir wünschten uns dann eine gute Naahacht! - und meistens wurde dann auch geschlafen, wenn nicht einem von uns beiden doch noch etwas einfiel und dann kam die Frage: Schläfst du schon? - und es war vollkommen unwichtig, ob da eine Antwort kam oder nicht. Es war so wunderbar beruhigend, dass da jemand war, mit dem man die bedrohliche Nacht teilen konnte und der immer mal wieder fragte: „Schläfst du schon?"- denn die Gedanken in der Dunkelheit waren meist traurig und voller Angst und die Nacht war doch so lang.

Und dann, wenn ich schon halb eingeschlafen war, rief meine Schwester plötzlich: Ich lüfte!! - Ich schrie nur noch IIIIhhhh!! - und kroch unter die Bettdecke, denn sie hatte gepupst und dieser Gestank war einfach nur furchtbar. Die Wolke hatte sich unter der zunächst fest gestopften Bettdecke phantastisch entwickelt, um nun in die Freiheit entlassen zu werden. Sie waberte so lange in der Luft herum, dass man meinte, die Pupse von fünf Wochen wären gesammelt worden. Minutenlang musste ich unter der Decke bleiben, bis die Luft wieder normal roch.

Ich konnte es mir aussuchen, ob ich unter der Bettdecke ersticke oder über der Bettdecke. Ich frage mich noch heute, ob nur der diese stinkende Wolke in der Nase hat, der den Pups nicht losgelassen hat. Meine Schwester hat jedenfalls immer nur gelacht.

Doch dann wurde endlich geschlafen.

Ja, Tinchen, so war das damals, als deine Oma noch ein Kind war.

Das ist das alte Buch ... unser Lieblingsbuch!

Der Fernseher, in den man Geld steckte

Stell` dir vor Tinchen, als ich noch ein Kind war, da gab es ganz wenige Menschen, die einen Fernseher besaßen, weil der sehr teuer war. Nun gab es aber Fernseher, die konnten sich auch Leute mit weniger Geld leisten.

Die funktionierten nur, wenn man Geld hineinsteckte, wie in einen Spielautomaten. Jedes Mal wenn man eine Mark - heute sind das 50 Cent - in die kleine Kiste hinten am Fernsehgerät steckte, war wieder ein Teil vom Fernseher bezahlt und nur dann konnte man auch fernsehen. Wenn man kein Geld hatte, konnte man also auch nicht fernsehen. Für eine Mark lief der Fernseher etwa zwei Stunden. Manchmal ging er mitten in einem spannenden Kriminalfilm einfach aus, weil wieder Geld hineingesteckt werden musste. Und ausgerechnet dann hatte niemand ein Markstück.

Dann wurde gesucht, in jeder Manteltasche, sogar das Sparschwein wurde geschüttelt, bis endlich ein Geldstück herausfiel - und das war dann nur ein Groschen. Zu guter Letzt wurde bei den Nachbarn geklingelt, um sich eine Mark zu leihen. Denn das Ende vom Film wollte man unbedingt noch sehen.

Übrigens gab es nur ein einziges Fernsehprogramm und eine Fernbedienung brauchte man deshalb auch nicht. Die Bilder waren auch nicht farbig, sondern schwarz-weiß. Und trotzdem saßen alle fasziniert vor diesem Wunderding. Wenn die Nachrichten um acht Uhr kamen, mussten alle mucksmäuschenstill sein. Die Kinder guckten am Sonntagnachmittag „Das doppelte Lottchen" oder die „Augsburger Puppenkiste". Es war wie Kino. Bei spannenden Filmen kamen oftmals die Nachbarn dazu und auf den Straßen war dann kein Mensch zu sehen, weil alle vor dem Fernseher saßen und den Film guckten. `Straßenfeger` nannte man solche Filme. Meistens waren das spannende Kriminalfilme.

Wenn es sich dann alle gemütlich gemacht hatten, wurden die Kräcker und Salzstangen raus geholt und die Erwachsenen tranken Eierlikör oder Kosakenkaffee, der war braun und süß und alle Erwachsenen tranken das sehr gern. Die Kinder bekamen Zitronen-Limonade.

Ja, Tinchen, als ich noch ein Kind war, da war ein Fernseher noch etwas ganz Besonderes.

Doch wenn es nichts Gescheites im Fernsehen gab, und das passierte ebenso oft wie heute, wurde „Schwarzer Peter" oder „Mensch, ärgere dich nicht" gespielt - und das war genauso schön.

Ja, Tinchen, so war das damals, als deine Oma noch ein Kind war.

So sahen damals die Fernseher aus!

Das Auto mit dem Namen ‚Goliath'

Stell dir vor Tinchen, als ich noch ein Kind war, da hatten sehr wenige Leute ein Auto. Mein Papa und meine Mama beschlossen jedoch, sich ein Auto zu kaufen. Und es ergab sich, dass der Vater für wenig Geld ein Auto erstand. „Goliath" hieß die Automarke, so wie heute VW-Golf oder Opel Corsa. Die Fabrik, die diese Autos baute, gibt es schon lange nicht mehr. So ein Auto sah man schon damals recht selten, vor allem in dieser schrecklichen hellgrünen Farbe. Das Auto war schon sehr alt, nur sah man ihm das gar nicht an. So war der Vater sehr stolz, für wenig Geld ein so wunderbares Auto bekommen zu haben und die ganze Familie freute sich auf den ersten Ausflug mit Goliath.

Zum Badesee sollte es gehen. Der Picknickkorb war gepackt und los ging es.

Pöt, pöt, pöt, machte der Motor und dann fuhr er los. Der See war ungefähr 6 Kilometer entfernt. Für das alte Auto war das entschieden zu weit und er blieb einfach stehen, kurz vor dem Ziel. Es war auch nicht zu überreden, doch noch den Rest zu fahren.

Die ganze Familie musste aussteigen und mit vereinten Kräften wurde Goliath geschoben. Ihn bis zurück nach Hause zu schieben, schafften wir natürlich nicht. So wurde er den Rest des Weges von einem anderen Auto abgeschleppt. Es war schon eine spannende Sache, wie wir so an dem Seil nach Hause rollten.

Mama und Papa waren sehr enttäuscht und der Vater musste sich ordentlich ausschimpfen lassen, weil er sich so eine Schrottkarre hatte andrehen lassen. Doch kamen zum Glück Papas Freunde zum reparieren. Es wurde geschraubt und gedreht, geölt und gehämmert - und dann wurde eine Probefahrt gemacht und - er fuhr!! Juchhu!! -

Die Kinder sprangen schnell auf die Rücksitze und Papa fuhr mutig aus dem Dorf raus auf die Landstraße und Goliath machte pöt, pöt, pöt! - und blieb einfach wieder stehen.

Was soll ich sagen, die Freunde kamen und er wurde wieder abgeschleppt.

Irgendwie hatten wir Kinder das Gefühl, dass Goliath, wenn er so an dem Seil hing, ein besonders glückliches Autogesicht hatte. Quatsch! - meinte Papa nur und ärgerte sich noch mehr. Diesmal wurde das alte Auto in die Werkstatt gebracht. Einige Tage später holte der Vater unseren Goliath ab und es sollte gleich los gehen auf eine längere Reise, zu einem Familienfest.

Doch Goliath machte pöt, pöt und - er fuhr, ja, er fuhr und hörte gar nicht mehr auf zu fahren. Alle lobten ihn und wir sangen und lachten und plötzlich stellten wir fest, dass gar keine Straßenkarte da war.

Eigentlich besaß die Familie so was auch gar nicht, denn es war das erste Mal, dass sie so weit weg von zu Hause mit einem Auto unterwegs waren. Und dann wurde geschimpft, dass es viel zu wenig Schilder gab, die die Richtung anzeigten und so waren wir alle froh, als plötzlich ein Auto vor uns fuhr mit dem Nummernschild der Stadt, in die wir auch wollten.

Also fuhren wir zwei Stunden immer hinter dem anderen Auto her und kamen gut dort an. Goliath hatte brav durchgehalten und wurde auch von der Verwandtschaft hochgelobt und alle bewunderten das alte Auto. Auch die Heimfahrt wurde von ihm ohne Probleme geschafft. Er lief und lief und alle waren mächtig froh, so ein gutes Auto gekauft zu haben.

Der alte Goliath!

Es sollte leider die letzte längere Fahrt von Goliath werden. Einige kurze Ausflüge machte er noch mit, doch dann hatte er endgültig keine Lust mehr. Jede Fahrt endete irgendwo auf der Landstraße mit totalem Stillstand. Er ließ sich dann auch nicht mehr anschieben, nur noch abschleppen - und dabei machte er tatsächlich immer ein glückliches Gesicht.

Er hatte einfach keine Lust mehr und sicher genug Kilometer gefahren in seinem alten Autoleben. Die Kinder konnten ihn gut verstehen. Die Eltern nicht so sehr.

Sie ärgerten sich nur, stritten sich und beschlossen dann, ihn auf dem Hof als Spielauto für die Kinder stehen zu lassen. Zuvor wurde alles abgebaut, was noch zu gebrauchen war. Zuletzt stand er ohne Reifen, ohne Rücksitze und ohne Motor da, mit offenem Kofferraumdeckel. Er sah nun wirklich aus wie ein altes Auto. Ein sehr sehr trauriges Auto, aber von den Kindern der ganzen Nachbarschaft wurde er heiß geliebt. Er wurde mit Füßen getreten und ihm wurde aufs Dach gestiegen, doch sah er immer freundlich dabei aus, weil ihm all diese Kinder wohl so viel Spaß bereiteten.

Ja, und dann kletterte ich mal so aus Spaß in den Kofferraum.

Die anderen Kinder ließen den Deckel zuknallen und ich saß in der Falle. Anfangs hatten wir alle noch Spaß daran. Doch dann merkten wir, dass der Deckel nicht mehr geöffnet werden konnte und ich bekam furchtbare Angst dort in dem Kofferraum. Ich rief ganz laut um Hilfe, schrie so lange, bis Mama kam und ebenso laut schrie: Das Kind, holt das Kind da raus! - Alle liefen aufgeregt um das Auto herum und meinten, nun würde mir wohl bald die Luft ausgehen.

Mama suchte verzweifelt den Schlüssel, fand ihn aber nicht.

Inzwischen war ich sicher, dass ich gleich keine Luft mehr bekam und fing verzweifelt an zu weinen. Mama schrie, dass doch jemand das Kind befreien solle. Papa wurde von der Arbeit geholt und er machte sich sofort daran, die Verkleidung hinter den Sitzen wegzureißen und holte mich armes weinendes Kind endlich raus.

Alle waren glücklich und erleichtert, dass alles gut ausgegangen war.

Doch nun sollte Goliath ein für allemal verschwinden, damit so etwas nicht wieder passiert. Ein Schrotthändler holte ihn ab und alle Kinder guckten ihm traurig hinterher. So viel Spaß hatten sie gehabt mit dem alten schwimmbadgrünen Auto.

Ja, das sollte das erste und letzte Auto der Familie sein.

Danach wurde wieder Fahrrad gefahren. Und wenn das nicht mehr wollte, war es auf jeden Fall leichter zu schieben.

Ja, Tinchen, so war das damals, als deine Oma noch ein Kind war.

Vom Milch holen und der Mutprobe

Stell' dir vor Tinchen, als ich noch ein Kind war, da
arbeiteten viele Menschen auf einem Bauernhof, auch
der Vater. Die Familie wohnte in einem Haus in der Nähe
des großen Bauernhofes. Auf dem Hof gab es Kühe und
Schweine und einen Hofhund, der hieß Kerry. Es gab
einen Baron, das ist ein Adliger, so wie ein König nur viel
ärmer. Trotzdem gehörte diesem Baron immer noch viel
Land und der Bauernhof. Der Baron hatte zwei Söhne,
mit denen spielten meine Schwester und ich oft in dem
kleinen Wäldchen am Haus oder auf der Wiese, wo die
Kühe immer so neugierig allem hinterher guckten, was
sich bewegte. Und über diese Wiese gingen wir Kinder
auch zum Hof, wenn wir am frühen Abend Milch holten.
Mit der Milchkanne, randvoll gefüllt, ging es ganz
vorsichtig nach Hause. Und manchmal, meist wenn die
Jungen dabei waren, wurde eine Mutprobe gemacht.

Dann wurde die volle Kanne Milch herum geschleudert, so dass sie eine klitzekleine Sekunde auf dem Kopf stand. Und hui! - ging es hoch mit dem Arm, die Kanne fest in der Hand - und hui! - wieder runter.

Man musste sehr schnell sein, damit die Milch in der Kanne blieb und kein Tropfen heraus schwappte. Aber wenn man es geschafft hatte, gehörte man zu den Mutigen. Mir klopfte jedes mal wieder das Herz, wenn ich an der Reihe war, das kannst du mir glauben.

Kerry, der Hofhund, begleitete uns manchmal, tobte über die Wiese und lief zwischen unseren Beinen herum. Und ausgerechnet in dem Moment, als ich die Milchkanne herum schleuderte, sprang er mir zwischen die Beine. Die Milchkanne flog in hohem Bogen über mich hinweg. Die Milch platschte auf meine Haare und mein roter Pullover hatte lauter weiße Milchflecken. Die letzten Tropfen schleckte Kerry dann noch genüsslich von den Grashalmen.

Wir guckten alle ziemlich bedeppert in die leere Milchkanne und gingen mit gesenkten Köpfen ängstlich nach Hause. Natürlich schimpfte die Mutter mit uns, denn es sollte Milchsuppe mit Nudeln geben. Nun gab es nur ein Schmalzbrot zum Abendessen, denn es war wirklich nichts mehr da zum Essen. Die Milch wäre unser Abendessen gewesen.

Seit diesem Tag durften wir Kinder zwar noch Milch holen, aber gaaaanz vorsichtig und ohne Mutprobe - jedenfalls wenn Kerry in der Nähe war. Und wenn er nicht in der Nähe war?- Na ja, dann machten wir trotzdem unser Kunststück und fühlten uns noch mutiger als ohnehin schon.

Ja, Tinchen, so war das damals, als deine Oma noch ein Kind war.

...so ähnlich sah unsere Milchkanne aus!

Muttertag

Stell' dir vor Tinchen, als ich noch ein Kind war, da gab es auch schon einen Muttertag.

Meine Schwester und ich wollten unserer Mutter eine ganz besondere Freude machen. Sie sollte nichts tun müssen an diesem besonderen Tag. Kein Frühstück machen, keinen Kaffee kochen. - Ganz leise standen wir auf. Vorsichtig schlichen wir die knarrende Holztreppe hinunter. Es wurde nur geflüstert, damit die Eltern ja nichts hörten und womöglich wach wurden. Nachdem wir uns gewaschen und angezogen hatten, wurde der Küchentisch gedeckt, natürlich mit dem Sonntagsgeschirr und einer neuen Tischdecke.

Irgendwie meine ich, dass am Muttertag damals immer die Sonne schien.

Wenn der Tisch gedeckt war, sind wir Kinder raus auf die Wiese neben dem Haus, wo auch die Kühe grasten und pflückten die ersten Sommerblumen und Gräser. Der Strauß war immer besonders schön, denn es wurden die buntesten Blumen dafür ausgesucht: gelbe Butterblumen, rosa Wiesenschaumkraut, blaues Männertreu, die niedlichen Gänseblümchen und natürlich Löwenzahn nicht zu vergessen.

Blumen für Mama!

Zusammen mit gelben Schlüsselblumen und grünen Gräsern wurden sie zu einem bunten Wiesenstrauß mit Grashalmen zusammengebunden. Mit beiden Händen mussten wir den Strauß abwechselnd tragen, weil er so dick war.

An die Kühe auf der Wiese erinnere ich mich noch besonders gut. Denn vor denen hatten wir mächtig Angst. Umgekehrt genauso. Und so beäugten wir uns gegenseitig mit genug Abstand. Das war schon ein kleines Abenteuer, denn manchmal stand auch ein Bulle, also der Mann von der Kuh, dazwischen. Und dann rannten wir Kinder, als ginge es um unser Leben. Denn wir waren fest davon überzeugt, Bullen würden zu wilden Bestien, wenn sie die Farbe Rot sehen. Und etwas Rotes hatten wir immer irgendwo am Körper und wenn es nur ein rotes Haarband war. Am Stacheldraht riss man sich oftmals noch ein Dreieck in die Hose, so dass es ordentlich Schimpfe gab zu Hause.

Diesmal jedoch waren alle Kühe friedlich und zwischen den Stacheldraht krochen wir auch unverletzt. Wir beiden aufgeregten Mädchen gingen stolz mit unserem Blumenstrauß zum Haus zurück. Wir stiegen die Stufen zur Haustür hoch und guckten uns erwartungsvoll an. - Was ist, wo hast du den Schlüssel? fragte ich meine Schwester. - Wieso ich? Du wolltest ihn doch einstecken! Und so standen wir vor der verschlossenen Haustür mit den Blumen in der Hand und hängenden Gesichtern.

So sehr hatten wir uns erschrocken über den vergessenen Schlüssel, dass wir ganz vergaßen, uns weiter zu streiten, und es blieb uns nichts anderes übrig, als die Eltern aus dem Bett zu klingeln.

Na, die würden einen Schrecken kriegen - und so war es dann auch. Schlaftrunken stand die Mutter an der Haustür und verstand die Welt nicht mehr. Sie guckte völlig ungläubig ihre beiden Töchter an, die da am frühen

Sonntagmorgen vor der Tür standen, ihr einen Blumenstrauß in die Hand drückten und sich dabei tausendmal entschuldigten.

Nachdem sie sich in die Arme genommen und der Mutter gratuliert hatten, wurde sie in die Schlafstube zurückgeschickt, damit wenigstens noch der Kaffee gekocht werden konnte, bis die Eltern zum Frühstück gerufen wurden.

Es war so ein richtig verpatzter Muttertag, weil es nun gar keine richtige Überraschung mehr für die Mutter war. Trotzdem hatte unsere Mama sich sehr gefreut und jedes Mal am Muttertag wurde von dem vergessenen Schlüssel, der alle in helle Aufregung versetzte, erzählt. Und noch heute denke ich am Muttertag jedes Mal an die bunte Wiese und unser Pech mit dem Schlüssel, wenn meine eigene Tochter am Muttertag mit einem Blumenstrauß vor der Tür steht. - Ja, Tinchen, so war das damals, als deine Oma noch ein Kind war.

Gänseblümchenliebe

Ein Gänseblümchen am Wegesrand,

einst glücklich, doch nun ganz bedrückt.

Ihr Blümerich immer neben ihr stand,

nun wurde er abgepflückt.

Verzweifelt sah sie dem Schatz hinterher -

fest hielt ihn die Kinderhand.

Sie weinte ein ganzes Tränenmeer,

weil der Liebste für immer verschwand.

Stets hatte er ein Blatt um sie gelegt,

dass niemand wagt, sie anzufassen.

Selbst einen Hummelmann hat er dazu bewegt,

doch von ihr abzulassen.

Kostbare Tautröpfchen hat er für sie aufbewahrt,

wenn gar zu heiß die Sonne nieder brannte.

Er war so sehr in sie vernarrt,

dass er sie nur sein 'Rosenblättchen' nannte.

Nun sah das Blümchen ihn wohl nie wieder -

doch plötzlich das Kind dort stand!

Das Blümchen furchtsam, das Kind kniete nieder,

den Liebsten noch in der Hand.

Das Blümchen spürte kaum den Schmerz,

als die Kinderhand es brach.

Doch es fühlte des Liebsten pochendes Herz,

der leise `ich liebe dich` sprach.

Sie welkten glückselig, schwach wurden die Stängel,

die Köpfchen wurden schwer.

Bald waren sie Gänseblümchenengel -

KEIN einziges Blümchen pflück` ich nun mehr.

Weihnachten, Schnee und kalte Füße

Stell' dir vor Tinchen, als ich noch ein Kind war, da gab es Kohleöfen im jedem Zimmer, keine Heizungen, wie es sie heute gibt. Morgens, wenn die Familie aufstand, um zur Schule oder zur Arbeit zu gehen, waren im Winter alle Zimmer noch bitterkalt, weil in der Nacht das Feuer in den Öfen erloschen war. Denn die Kohlen darin brannten nicht ewig. Da zitterte und bibberte man und meistens wurde nur eine Katzenwäsche gemacht, bevor es zur Schule ging. Weißt du was eine Katzenwäsche ist? Mit dem nassen Waschlappen einmal übers Gesicht und fertig. Denn es war viel zu kalt, um zu duschen oder gar zu baden.

Jeden Tag mussten die Öfen wieder neu geheizt werden. Dazu brauchte man Papier, Kleinholz und Brikett (das ist Kohle) und natürlich Streichhölzer, um das Ganze anzuzünden. Vorher musste aber noch die Asche vom Vortag entfernt werden. Dazu rüttelte man am Ofenrost, damit die feinen Teilchen in die Aschenschütte fielen. Die Asche streute man dann auf die verschneiten oder vereisten Wege, dann rutschte man nicht so schnell aus. Und wenn das Papier und das Holz zu brennen anfingen, dann knisterte und knackte es im Ofen. Das war ein schönes Geräusch und es roch auch so gut und man wusste, bald wird es schön gemütlich warm im Zimmer. Die Türen mussten dann immer geschlossen bleiben, damit die Wärme nicht wieder aus dem Zimmer kroch. Und wehe, jemand ließ die Tür doch mal offen stehen, dann wurde geschrien: TÜR ZU!! - Da zuckte man vor Schreck zusammen.

Am Schönsten war es, wenn Bratäpfel auf der Ofenplatte brutzelten. Die Äpfel vom Herbst, die schon schrumpelig waren, wurden so lange gebraten, bis sie matschig weich und ganz heiß waren. Meistens verbrannte man sich die Zunge, weil man es nicht abwarten konnte, die leckeren

Bratäpfel mit Zimt und Honig zu essen. Und wie das duftete - nach Weihnachten und Wärme und Kerzenlicht. Weihnachten und Bratapfelgeruch und natürlich der Tannenbaum gehören für mich immer zusammen. Geschmückt wurde unser Tannenbaum mit dem Lametta vom Vorjahr. - Die ganze Stube roch wunderbar nach Wald. Weißt du wie Wald riecht, Tinchen? Nein? - dann müssen wir unbedingt am Sonntag in den Wald gehen.- Aber zurück zum Lametta, es war so knitterig, dass es nur noch in Knäueln über die Äste geworfen werden konnte. Natürlich wurde der Baum auch mit Engelhaar und silbernen Kugeln geschmückt. Vor allem aber durften die süßen Kringel nicht fehlen. Erst nach Weihnachten durften die Schokozapfen und Sterne aus Zuckerguss vom Baum gegessen werden. Aber wir Kinder wussten genau, welche wir schon vorher weg naschen konnten, ohne dass es jemand merkt. Bevor es die Geschenke gab und der Baum bestaunt werden durfte, war es so aufregend, wie an keinem anderen Tag im Jahr.

Wenn wir aus der Kirche kamen, gab es Abendessen, Kartoffelsalat mit Würstchen, jedes Jahr! Das Geschirr musste noch abgewaschen werden (damals gab es noch keine Geschirrspülmaschine) und dann klingelte Papa mit der kleinen Glocke und rief: Nun könnt ihr kommen.

Es wurde ein Gedicht aufgesagt wie in jedem Jahr und nebenbei zum Baum geschielt, was darunter wohl an Geschenken für uns lag.

Als ich mein fünftes Weihnachten erlebte, bekam ich eine Negerpuppe (das darf man heute nicht mehr sagen, „Neger" ist ein Schimpfwort für farbige Menschen).

Diese Puppe hatte ich mir so sehr gewünscht. Ich freute mich riesig darüber und drückte sie ganz fest an mich.

Meine große Schwester bekam auch eine Negerpuppe, so waren wir nun Puppenmütter. Ich nannte sie Toxi. Sie war das schönste Geschenk, das ich mir denken konnte.

Das schönste Geschenk, die Puppen!

Manchmal gab es auch Geschenke, die mir überhaupt nicht gefielen, dann weinte ich heimlich, weil meine Wünsche nicht erhört wurden. Einen bunten Pappteller mit Süßigkeiten gab es immer, mit einem großen Weihnachtsmann aus Schokolade.

Das war ein Schatz, der gut behütet wurde. Doch meine Schwester war immer diejenige, die vor allem den großen Weihnachtsmann lange aufbewahren konnte. Das ärgerte mich sehr. Sie tat dann so, als hätte sie ihn schon gegessen und dann holte sie ihn plötzlich hervor.

Ja, das wunderschöne Weihnachtsfest mit den Geschenken! - und Ferien hatten wir ja auch.

Zum Winter gehörte auch der Schnee und die Eisblumen, die innen und außen an den Fensterscheiben blühten. Ja, auch innen, denn im Kinderzimmer wurde selten der Ofen angemacht. Bevor wir Kinder dann ins Bett gingen, wurde kurz vorher ein Backstein auf den Ofen im Wohnzimmer gelegt und wenn er richtig heiß war, wickelte die Mutter Zeitungspapier darum. Dann kam der Stein unter die eiskalte Bettdecke, damit die schön warm war, wenn wir ins Bett krochen. Das war dann so richtig kuschelig, wenn der heiße Stein die kalten Füße wärmte.

Und wenn Mama dann nochmal ihre Hände überall auf die Bettdecke drückte, dann fühlte man sich so richtig behütet. Das war so schön, dass man sich das Frieren am nächsten Morgen beim Aufstehen gar nicht vorstellen konnte.

Ja, ja, da ist es heute doch bequemer und ich denke oft daran zurück. Wenn ich heute an der Heizung drehe und es fängt an zu knacken und zu rauschen in den Rohren, bin ich froh, dass diese Zeit vorbei ist, wo man erst den Ofen anmachen musste. Es ist wirklich nicht schön, zu frieren, aber wir kannten es nicht anders.

Doch die Erinnerung an damals, als das Holz im Ofen knisterte und die Bratäpfel dufteten, wird niemals vergehen.

Ja, Tinchen, so war das damals, als deine Oma noch ein Kind war.

Von dem Glück und der Plage eine große Schwester zu haben

Ach Tinchen, du kannst dir denken, dass eine große Schwester nicht immer nur ein Glück ist. Meine Schwester war auch oft eine Plage. Gestritten und gekloppt haben wir uns, und ich hasste sie manchmal so sehr, dass ich mir wünschte, sie möge gar nicht mehr hier bei uns wohnen. Doch meistens dachte ich, dass es ein großes Glück ist, sie zu haben. Denn wäre sie nicht bei mir gewesen in schlimmen Momenten, ich hätte wegen meiner großen Traurigkeit gar nicht mehr auf der Welt sein mögen. Ja, Tinchen, so ist das mit den Geschwistern, manchmal wünscht man sie auf den Mond und dann gibt es nichts Schöneres, als mit ihnen die Tage zu verbringen, zu kichern und herumzualbern. Es gibt keinen Menschen auf der Welt, den man besser kennt, als seine Schwester oder seinen Bruder. Das bleibt das ganze Leben so.

Sie war oft meine letzte Rettung, wenn ich voller Angst war.

Als ich ungefähr 8 Jahre alt war besuchten uns alle paar Wochen zwei Frauen. Die hatten so weiße Häubchen und schwarze lange Kleider an. Die Gemeindeschwestern kommen! - wenn meine Mutter das sagte, dann klopfte mein Herz vor Angst. Sie waren freundlich und auch wieder nicht. So wie Erwachsene immer sind, wenn sie mit Kindern sprechen und sie glauben, dass Kinder es nicht merken, wenn sie so gar nicht ehrlich dabei sind. Irgendwie wusste ich, die lügen. Ich mochte sie nicht, diese beiden komischen Frauen. Eigentlich hasste ich sie. Und wenn du den Grund hörst, wirst du mich verstehen.

Die Mutter meinte immer, ich wäre zu dünn und blass. Und weil es da solche Kinderheime gibt, wohin Kinder zur Erholung gebracht werden können, meinte sie, auch ich müsse dort hin, damit ich lerne zu essen und dick und fett werde. Und diese zwei Frauen kamen nun, um mich zu beschauen, um nachzuprüfen, ob ich noch dünner und blasser geworden bin. Und sie schauten mich eine Ewigkeit an. Dann sprachen sie leise mit Mama und sie beschlossen alle, dass ich für 4 Wochen in ein Kinderheim in den Schwarzwald, ganz weit weg von zu Hause, gebracht werden sollte. Ich betete jeden Abend, dass irgendwas passieren möge, dass ich dort nicht hin muss. Ich hatte große Angst und war verzweifelt wie nie zuvor in meinem Leben. Ich wollte nicht von zu Hause fort zu den fremden Menschen in dieses Heim, wo dünne Kinder dick gemacht werden. Doch dann kam meine Mutter auf die Idee, die große Schwester müsse mit. Oh je, die wollte genauso wenig wie ich dorthin. Und sie war böse wie noch nie auf mich, weil ich ihr das nun eingebrockt hatte. Aber sie musste gehorchen, so wie ich auch.

Es waren schreckliche Menschen dort in dem Heim. Ich wollte nichts essen, weil es auch nicht schmeckte. Es gab Kirschkompott fast jeden dritten Tag, darin schwammen kleine vertrocknete Würmer im Saft.

Ich ekelte mich so sehr - und damit ich keine Schimpfe bekomme von den bösen Frauen, zog meine Schwester die Schale blitzschnell zu sich rüber und schlürfte in Windeseile alles weg. So wie sie auch immer die Reste von meinem Teller aß, damit sie mich in Ruhe lassen. Einmal hatte ich mir spät abends noch ein Schmalzbrot geholt, weil ich solchen Hunger hatte, da wurde ich angeschrien. Hätte ich beim Abendbrot alles aufgegessen, wäre ich auch nicht hungrig. Und außerdem würden sie es genau mitbekommen, dass meine Schwester immer die Reste isst. Sie nahm mir das Brot wieder weg, diese böse Frau. Ich weinte so oft dort und kam noch dünner nach Hause, als ich hingefahren war. Ich war so unendlich froh, dass meine große Schwester bei mir war in diesen vier Wochen, ich wäre dort ganz sicher weggelaufen.

Sie hat mich in Schutz genommen, wenn ich geärgert wurde, hat mich später getröstet, wenn ich Liebeskummer hatte, hat mir in ihrer borstigen Art Mut gemacht, auch mal Dinge zu tun, die abenteuerlich waren. Das ging nicht immer gut aus, aber ich Angsthase war auch immer ein wenig stolz, mitgemacht zu haben. Sie kloppte sich mit den Jungen aus dem Dorf, ich stand daneben und bewunderte sie dafür. Sie kam mit aufgeschrammten Knien nach Hause, ich saß am Ofen und ärgerte mich, dass ich nicht auch so tolle blutige Knie hatte. Im Winter war sie es, die raus in den Schnee wollte. Sie nervte mich so lange - Los, na los! Du Stubenhocker, komm jetzt mit! - bis ich endlich nachgab. Sie konnte es kaum abwarten, in diesem kalten nassen Schnee herum zu stapfen. Nein, nicht den großen Berg runter, lieber den kleinen - und wir sind doch den großen Berg hinunter gerodelt. Die Wollsachen waren nach zwei Stunden hartgefroren und die Zehen haben wir nicht mehr gespürt. In der warmen Stube am Ofen fingen sie dann wie verrückt an zu jucken, heute weiß ich, dass es schon Erfrierungen gewesen waren.

Ich ärgerte mich, dass sie immer so wild und lebendig war, dass sie nie still in der Ecke sitzen konnte. Nur manchmal , wenn sie ihre geliebten Pucki-Bücher vor der Nase hatte: Pucki macht Ferien, Pucki hat Heimweh, Pucki im Krankenhaus, Pucki hat ihren ersten Pickel, Pucki lässt einen Pups. Alle Bände hat sie verschlungen. Sie war dann in einer anderen Welt und nichts und niemand konnte sie da raus holen. Da konnte ich sie nicht mal überreden, draußen Hinkelkästchen zu spielen oder in unserem Zimmer eine Höhle zu bauen, all das lockte sie nicht. In diesen Büchern erlebte sie ihre Abenteuer, da war sie die Pucki oder die große Heldin, die alle besiegt und Zauberkräfte hat. Heute würde sie ein großer Harry-Potter-Fan sein. Leider lebt sie nicht mehr.

Ja, Tinchen, so war das damals, als meine große Schwester und ich noch Kinder waren.

Puh, war mir kalt, nur meiner Schwester gefiel der Schnee !

Maikäferkitzel

Stell dir vor Tinchen, als ich noch ein Kind war, da wohnten wir auch kurze Zeit in einer alten Kapelle. Das ist eine kleine Kirche. Weil man in einer Kirche aber nicht richtig wohnen kann, hatte man dort Zimmer hinein gebaut. Die Fenster waren ganz klein und schräg und die Mauern waren so dick wie Säulen. So richtig kann ich mich nicht mehr an alles erinnern, aber ich weiß noch, dass vor der Kapelle eine riesengroße Kastanie stand.

Im Mai haben wir unter dem Blätterdach gestanden mit geöffneten Zigarrenkisten in den Händen. Die Kisten waren aus ganz dünnem Holz und kleiner als ein Schuhkarton. Es dauerte lange, bis so eine Kiste leer war. Die ganzen Zigarren mussten ja erst mal von Papa geraucht werden. Ganz stolz waren wir dann, wenn wir so eine Kiste bekamen. Vielleicht liebe ich deshalb noch immer leere Kisten und Schachteln über alles.

Jedenfalls wurden Löcher in die Kisten gebohrt, damit Luft hineinkam. Und weißt du, warum wir dort gestanden haben unter dem Baum mit den Kisten in der Hand? Wir warteten auf die Maikäfer! Doch weil nicht jedes Jahr ein Maikäferjahr ist (weil ein Engerling 4 Jahre braucht, bis er als Maikäfer aus der Erde schlüpft) haben wir oftmals ganz umsonst dort gestanden. Wenn es jedoch so ein Jahr war, dann krabbelte es und wimmelte es nur so von den dicken braunen Brummern unter und auf dem Kastanienbaum. Wir waren ganz vorsichtig mit den Käfern, denn mit unseren kleinen Händen war es gar nicht so einfach, sie zu fangen und heil in die Kiste zu bekommen. Das war so ein ganz kitzeliges Gefühl, wenn sie über die Hand krabbelten. Es gibt nichts auf der ganzen Welt, was so komisch kitzelt.

Ja, Tinchen, so war das mit den Maikäfern und es gibt sie immer noch. Versuch doch auch mal einen zu fangen und ihn auf deiner Hand krabbeln zu lassen. Das ist ein ganz verrücktes Gefühl.

Der Kastanienzweig über uns!

Ach ja, und im Fernsehen gab es einmal im Jahr einen Kinderfilm, der hieß: Peterchens Mondfahrt. Ein Film über zwei Kinder, die Peter und Anneliese hießen und einen Maikäfer, der hieß Herr Sumsemann. Dem hatte der böse Mann im Mond ein Beinchen geklaut.

Wir warteten gespannt jedes Jahr kurz vor Weihnachten, dass dieser Film wieder gezeigt wurde. Vielleicht kannst du Mama und Papa ja mal fragen, ob es auch ein Buch über die Geschichte von Herrn Sumsemann gibt oder vielleicht gibts den alten Film auch noch auf DVD. Du wirst ihn niemals mehr vergessen, so wie ich, da bin ich ganz sicher.

Ja, Tinchen, so war das damals, als deine Oma noch ein Kind war.

… und samstags Badetag

Stell dir vor Tinchen, als ich noch ein Kind war, da wurde in einer kleinen Wanne aus Blech gebadet, denn Plastik gab es noch gar nicht. Die schwere Wanne holte meine Mama aus irgendeiner Ecke hervor und stellte sie mitten in die Küche. Das war dann unser Badezimmer. Das Wasser wurde in Töpfen und Kesseln auf dem Herd warm gemacht und wir zwei Schwestern badeten zusammen in der engen Wanne, denn es war viel zu mühselig und zu teuer, eine neue Füllung Wasser heiß zu machen. Und wenn wir dann zu zweit in der winzigen Wanne saßen, wurde natürlich wie wild geplanscht. Dabei spritzte das Wasser in der ganzen Küche herum. Das machte riesigen Spaß. Nur die Mutter fand das nicht so lustig. Sie trug alles an Scheuertüchern und alten Lappen herbei und die wurden dann um die Wanne herum gelegt. Es wurde nur einmal in der Woche gebadet, und das war immer samstags.

Der Samstag war ein schöner Tag. Da arbeitete der Vater nur bis zum Mittag. Es wurde Kuchen gebacken und alle hatten gute Laune, weil Wochenende war.

Nachdem die Kinder abgetrocknet, angezogen und gekämmt waren, wurde der Bohnenkaffee in einer Kaffeemühle gemahlen.

Da musste man solange an einer Kurbel drehen, bis aus der Kaffeebohne feines Kaffeemehl geworden war.

Das war sehr anstrengend. Eine elektrische Kaffeemühle gab es noch nicht. Das Mahlen mit der Kaffeemühle hat aber auch Spaß gemacht und regelmäßig habe ich mich mit meiner Schwester gestritten, wer die Kaffeemühlenkurbel drehen darf.

So sieht sie aus,

die alte Kaffeemühle!

Wenn der Flötenkessel pfiff, kochte das Wasser. Das Kaffeepulver kam in den Papierfilter und darüber wurde das kochende Wasser gegossen. So wurde damals Kaffee gekocht. Das duftete ganz wunderbar. Diesen Bohnenkaffee gab es nur am Wochenende, denn der war sehr teuer. Und wenn auch nur eine einzige Kaffeebohne auf die Erde fiel, suchte die ganze Familie danach.

Der frisch gebackene Kuchen, der Kaffeeduft und das gemütliche Zusammensitzen, während der Braten im Backofen schon für den Sonntag brutzelte, das vergisst man niemals.

Ja, Tinchen, so war das damals, als deine Oma noch ein Kind war.

Fahrt in die Sommerferien

Die Sommerferien begannen immer sehr spannend. Meine Schwester und ich wurden mit dem Auto abgeholt. Onkel und Tante kamen zu Besuch und nahmen uns dann mit zu unserer Oma, die in dem gleichen Haus wohnte wie Onkel und Tante. Fünf Stunden mit dem Auto mussten wir fahren, bis wir bei Oma waren. Ich liebte Autofahren über alles. Die ganze Zeit guckte ich aus dem Fenster, um ja nichts zu verpassen. Dabei sind wir fast nur auf der langweiligen Autobahn gefahren, aber die Bilder, die an mir vorbeizogen, fand ich jedes Jahr aufs Neue wieder so aufregend, fast wie Fernsehen gucken. Die Reklamekutsche auf dem Berg kurz vor Hamburg, die Brücken und Waldränder, wo manchmal ein Rudel Rehe stand, die Schilder, die die Kilometer anzeigten, der Himmel, der sich ständig veränderte und die Autos, die vor uns fuhren mit den verschiedenen Nummernschildern, die wir versuchten alle zu erraten. Das alles war immer wieder neu für mich. Meine Schwester las während der Fahrt immer Bücher. Das konnte ich zwar nicht verstehen, aber so hatte ich meine Ruhe und niemand störte mich bei meinem Kino hinter dem Autofenster.

Oma wartete schon. In der großen Küche drehte sie an der Kaffeemühle, die an der Wand hing. Oma hatte immer eine Kittelschürze an, nur Sonntags nicht. Ganz oft stand Oma am Herd, stocherte in der Ofenklappe herum, um den Herd am Brennen zu halten. Ein eingesperrtes Lagerfeuer brannte dort in dem Ofen aus Eisen. Alles wurde darauf gekocht, das Wasser im Flötenkessel und auch das Essen. Der Herd wärmte außerdem die ganze große Küche, in der wir so gerne saßen. - Am Küchentisch hielt Oma oft ihren Mittagsschlaf, den Kopf auf die Arme gelegt. Wir spielten dann im Garten oder bei Regen im Wohnzimmer mit den kleinen Figuren aus den Margarineschachteln.

Tiere, Menschen, Häuser - ganz flach, zum Hinstellen.

Heute gibt es Überraschungseier. Der erste Gang, wenn wir ankamen, war immer in Omas Garten bis zum Knick. Knick nennt man in Schleswig-Holstein, also oben im Norden, die Hecken. Die bestehen aus großen Büschen in einer langen Reihe. Wir freuten uns immer, dass sich nichts verändert hatte. Der Birnbaum stand dort noch; darunter legten wir immer unsere Decke. Die Johannisbeersträucher, die Reihen Erbsen, die bald gepflückt werden sollten und die Reste der Erdbeeren, die wir weg naschten, alles wie im letzten Jahr! Die Nachbarstochter guckte neugierig um die Ecke und ein langgezogenes Naaaa! Seid ihr oall wedder dooa? - rief sie uns entgegen. Die Leute sprachen da alle anders, als bei uns. Man nennt es plattdeutsch. Die Nachbarstochter hieß Ilse, sie war ein wenig anders als normale Kinder, aber sie konnte gut das Springseil halten und wir mochten sie gerne.

Bei Oma gab es morgens zum Frühstück „gute" Butter und Käse, der so schlimm stank, dass einem fast die Luft wegblieb. Wir holten ihn morgens aus der Meierei, das ist ein Laden, wo es nur Milch, Quark und Käse gibt. Ich hielt immer die Luft an, wenn ich dort drinnen war. Und wenn die nette dicke Frau hinterm Tresen uns fragte, wie es denn Mama und Papa geht, dann war mir das gar nicht recht, weil ich dann wieder diesen Geruch in der Nase hatte, wenn ich antworten musste. Einmal wäre ich beinahe umgefallen, da hatte ich wohl die Luft zu lange angehalten. Danach gingen wir zum Kaufmann, dort holten wir Omas Lieblingszeitung und manchmal auch was Süßes, wenn Oma es uns erlaubte. Auf dem Rückweg gingen wir noch in die Brotfabrik. Dort war ein kleiner Laden in der großen Fabrik, wo Brot und Brötchen verkauft wurden. Da roch es dann wieder so gut, dass ich fast einen Sauerstoffkoller bekam vom vielen Einatmen. Wir liebten die leckeren Kieler Brötchen, die gab es nur hier in der Brotfabrik in diesem kleinen Dorf.

Das Frühstück bei Oma werde ich niemals vergessen, weil es so leckere Sachen zum Essen gab, die guten Brötchen, die selbstgemachte Erdbeermarmelade und richtige Butter darunter, keine Margarine. Oma las die Zeitung und wir mampften all die wunderbaren Dinge.

Natürlich war im Sommer auch Erntezeit und wir mussten mit helfen, die Johannisbeeren zu pflücken, Erbsen, Bohnen, Äpfel, Birnen und was da noch so alles herangereift war. Die Erbsen wurden gepahlt, das heißt aus der Schale gekratzt, die Bohnen wurden geschnippelt. Oma kochte alles ein oder machte Marmelade aus dem Obst. Zum Mittag gab es unsere gepflückten Erbsen und ich mochte alles, was es bei Oma gab. Zu Hause hatten sie immer Angst, dass ich eines Tages verhungere.

Dann gab es Tage, da lagen wir unter dem Birnbaum und schnippelten Papiertischdecken oder lasen Bücher. Wenn es regnete, durften wir auch mal mit Omas Nähmaschine nähen.

Oma zeigte uns, wie man damit umgeht, aber meistens rutschte der Riemen von dem Rad, womit die Nähmaschine angetrieben wurde. Wir waren wohl doch noch zu klein dafür, denn man musste immer so ein Pedal treten, und mit unseren kurzen Beinen ging das noch nicht so richtig gut. Dann setzte sich unsere Tante an die Nähmaschine und ruckzuck! hatte sie aus wunderschön glänzendem Stoff und Spitzenborte für unsere Puppen ein Kleid genäht. Und dann nahm sie ein Maßband aus dem Nähkasten und legte es um unseren Bauch, legte es an den Armen an und schrieb alles auf; wie dick der Bauch, wie lang die Arme und wie groß wir waren. Sie wollte meiner Schwester und mir in den Sommerferien ein Kleid nähen. Wir freuten uns so sehr und waren ganz gespannt! - Mein Kleid hatte eine große Schleife hinten und war aus rosafarbenem Stoff. Der Stoff fühlte sich so fremd an; niemals in meinem Leben hatte ich so etwas zwischen meinen Fingern gehabt. Wir waren so glücklich mit unseren neuen Kleidern. Und wir wollten sie gar nicht mehr ausziehen.

Unsere neuen Kleider!

Oma sagte, die Kleider dürften wir nur sonntags
anziehen, weil es eben Sonntagskleider waren, so wie
auch nur Sonntags weiße Kniestrümpfe angezogen
werden durften.

Abends saßen dann alle, Tante, Onkel, Cousine, Oma und
wir zwei um acht Uhr vor dem Fernseher und guckten
die Tagesschau.

Niemand durfte auch nur einen Mucks sagen.

Dann ging es ins Bett und wir freuten uns jeden Abend auf den neuen Tag und irgendwie denke ich noch heute, dass bei Oma immer nur die Sonne schien. Vielleicht weil es uns dort so warm ums Herz war.

Ja, Tinchen, so war das damals, als deine Oma noch ein Kind war.

Kribbeln im Bauch und Kloppe danach

Stell dir vor Tinchen, als wir dort in dieser umgebauten Kapelle (eine Kapelle ist eine kleine Kirche) wohnten, da haben wir viel Zeit zum Spielen gehabt. In einen Kindergarten ging ich nicht und meine große Schwester ging noch nicht in die Schule. Und wenn es besonders langweilig war, haben wir auch mal verbotene Sachen gemacht. Es kribbelt dann so im Bauch und das Herz klopft ganz laut, dass man es fast hören kann.

Dort in der Kapelle war es immer ein wenig unheimlich und es gab darin Türen, die aus uraltem Holz waren und an denen wir immer ganz schnell vorbeigingen, weil wir Angst hatten, dass jemand sie plötzlich von innen öffnet. Doch an einem ganz besonderen Tag, einem Tag, an dem wir so mutig waren, wie es nur Menschen sind, die in kaltes Eiswasser springen, um jemanden zu retten, da drückten wir auf die Türklinke einer dieser Türen.

Und sie sprang auf, ganz plötzlich. Wir erschraken so sehr, dass wir diesen Ton machten, du weißt schon- so einen Ton, der einfach plötzlich da ist, wenn man sich erschreckt. Da atmet man die Luft so ein und ein kleiner Schrei kommt aus dem Kopf gehoppst. - Na ja, jedenfalls schlichen wir uns trotzdem vorsichtig rein. Es roch dort wie manchmal aus dem Klo. Der Fußboden war aus altem Holz und Löcher waren darin so groß wie Pfützen, als würde man darin versinken. Wir gingen wie auf Eiern und es knarrte und knarzte bei jedem Schritt. Die Wände waren bröckelig, ein ganz leichtes Klopfen genügte und es rieselte ein Wasserfall aus Staubkörnchen die Wand runter. Die Krümelberge wurden auf dem alten Fußboden immer höher und manchmal platzte ein riesig großes Stück ab. Wir erschraken und machten wieder diesen schrillen Ton - Aahhh!! -

Ein altes Waschbecken aus braunem Eisen hing an der Wand.

Da mussten wir hin, weil - ja weiß ich gar nicht, vielleicht weil es rief: Kommt her und dreht doch mal am Wasserhahn, damit ich mal wieder nass werde.

Ich schlich hinter meiner Schwester her und wollte nicht, dass sie am Wasserhahn dreht. Doch sie drehte am Wasserhahn, weil Wasserhähne dazu da sind, dass man an ihnen dreht. Meine große Schwester, die kam immer auf solche Ideen. Ich wäre gar nicht in diesen Raum reingegangen, weil ich nämlich immer so ein Hasenfuß (also so furchtbar ängstlich) war. Bin ich immer noch!

Meine große Schwester, wie viele große Schwestern eben so sind, war viel frecher als ich und vor allem viel mutiger. - Jedenfalls lief das Wasser aus dem Hahn, spritzte und platschte auf den Fußboden. Wir versuchten ihn gemeinsam wieder zur anderen Seite zu drehen, aber das Wasser lief und lief. Wir hatten nicht genug Kraft und außerdem war das Ding ausgeleiert. Wir hatten große Angst, das kannst du dir wohl vorstellen. Wir schafften es nicht und rannten voller Angst aus dem Raum. Rannten einfach raus und konnten kaum hoch gucken, weil wir so ein schlechtes Gewissen hatten.

Irgendwann am Nachmittag wurde unser Vater gerufen, weil Wasser die Treppe hinunterlief. Und du wirst es nicht glauben, als er uns beide anguckte, wusste er sofort, wer dahinter steckte. Es war das erste Mal, dass wir einen Klaps auf den Po bekamen. Na ja, es waren schon ein paar mehr Klapse und die taten auch ordentlich weh. Ich glaube, er musste das machen, weil die Leute das erwarteten, die da alle rumstanden.

Eigentlich war unser Papa ein ganz Lieber.

Allerdings war ich noch lange beleidigt, weil ich es doch gar nicht war, die den Wasserhahn aufgedreht hatte. Das macht nichts, sagte unser Vater, du warst aber dabei. Und da hatte er wohl auch recht.

Ja, Tinchen, so war das damals, als deine Oma noch ein Kind war.

Arbeit auf dem Rübenfeld

Weißt du Tinchen, ich denke auch oft noch daran, wie wir zusammen mit den Eltern auf den großen Rübenfeldern gearbeitet haben. Ja, meine Schwester und ich haben richtig gearbeitet, wie die Großen und wir waren mächtig stolz darauf.

Weil die Familie nicht viel Geld hatte, wurde jedes Jahr ein Rübenfeld gemietet, so wie man heute ein Auto oder eine Wohnung mietet. Dieses Rübenfeld wurde bearbeitet - von der ganzen Familie. Wir bekamen dann vom Bauern, dem dieses Feld gehörte, Geld dafür. Das Feld bearbeiten, das bedeutet, wenn die kleinen Rübenpflänzchen aus der Erde kamen, wurde zunächst mit der Rübenhacke Platz geschaffen. Das heißt, eine Hacke breit blieb immer ein Pflänzchen stehen, damit später genug Platz zum wachsen ist. Eine Rübe wird nämlich sehr groß und sie wird so dick wie dein Kopf.

Immer eine Hacke breit, wieder eine Hacke breit und nochmal. Mist!! - die hätte stehen bleiben müssen. Hat ja keiner gesehen. Manchmal habe ich versucht, das Pflänzchen wieder einzugraben, weil es doch dort an seinen Platz gehörte. Meistens war jedoch die Wurzel zerstört und es war so ein bisschen Schummelei, vielleicht auch, um keine Schimpfe zu kriegen. Auf jeden Fall habe ich nie die Lücken bemerkt, als die Rüben groß waren und gezogen wurden, denn über jede Lücke wären wir froh gewesen.

Nach dem Hacken hatten wir erst einmal Ruhe für einige Wochen, bis das Unkraut so hoch gewachsen war, dass wir wieder aufs Feld mussten, um es zu entfernen.

So eine Reihe war endlos lang, so lang wie ein Fußballplatz und das ganze Rübenfeld war sogar noch größer. Da kannst du dir vorstellen, wenn man dort am Anfang der Reihe mit der langen Hacke in der Hand als kleines Mädchen steht, dass man denkt, man würde das niemals im Leben schaffen.

Aber wir haben es immer geschafft. Es dauerte nur etwas länger. Manchmal kamen die Eltern uns entgegen und wir trafen uns in der Mitte. Dann war Mama erst noch ganz klein und je näher sie kam, desto kürzer wurde die Reihe, die noch zu bearbeiten war.

Wir hatten immer warmen Kaffee und Klappstullen mit. Eine Decke wurde dann an den Feldrand gelegt und wir machten Brotzeit, das ist eine Pause mit Picknick. So schnell, wie die Brote aufgegessen waren, konnte keiner gucken, so einen Hunger hatten wir.

Meine Schwester und ich, sechs und acht Jahre alt, mit der Rübenhacke in den kleinen Händen - und später haben wir dann versucht die Rüben zu ziehen. Aber nur versucht, denn dazu reichte unsere Kinderkraft meist nicht aus und ich hatte ganz oft nur das Rübenkraut in

den Händen, das hat mich wütend gemacht. Mama und Papa machten dann wie immer die meiste Arbeit, weil es für uns zu schwer war.

Und mit dem Ziehen der Rüben war das gemietete Feld noch immer nicht fertig bestellt.

Das Kraut musste noch von den flach liegenden Rüben mit dem Spaten abgetrennt werden. Oh je, da wurde so manche Rübe in der Mitte durchgeteilt.

Und wenn es geregnet hatte und die Erde nass war, wurden die Gummistiefel immer schwerer, weil die feuchte Erde daran kleben blieb. Bei jedem Schritt wurden sie uns von den Füßen gezogen.

Wenn im Spätherbst die Rüben dann vom Bauern eingesammelt wurden, um daraus Tierfutter zu machen oder auch Zucker, dann bekamen meine Eltern dafür den Lohn und wir Kinder auch. Das war ein gutes Gefühl.

Und wenn ich heute Rübenfelder sehe, dann denke ich oft an diese Zeit. Es war harte Arbeit, aber wir haben es alle gemeinsam geschafft.

Ja, Tinchen, so war das damals, als deine Oma noch ein Kind war.

Hund, Katze, Schwein, der Garten und die neuen Fahrräder

Glaub' mir Tinchen, solange ich denken kann, gab es immer Tiere in meinem Leben. Und du weißt, sogar jetzt hat deine Oma noch eine Katze. Die ist schon 20 Jahre alt. - Ich erinnere mich zunächst an unsere liebe Hündin Senta, die sich selbst mit den Katzen gut vertragen hat. Keiner wollte sie haben, als sie klein war, weil sie Schlappohren hatte. Ein Schäferhund durfte keine Schlappohren haben. Uns war das egal, denn sie war eine sehr sehr liebe Hündin. Sie begleitete uns viele Jahre. Einmal bekam sie auch Kinder oder Junge, wie das bei Hunden heißt. Eins davon behielten wir. Wir nannten es Moppel, weil es so ein kleines Dickerchen war. Die Katze Pussi lag gerne zwischen den Hunden und schmuste mit ihnen. Unser Vater ärgerte die Katze gern mal und schmierte ihr manchmal Senf auf die Nase.

Eigentlich fanden wir Kinder das nicht lustig, denn Pussi hörte gar nicht auf sich zu lecken, um den schlechten Geschmack los zu werden.

Unser Hund Senta mit Moppel!

Damals bekamen die Tiere kein Dosenfutter aus dem Supermarkt, sie mussten fressen, was die Menschen übrig ließen. Also Kartoffeln, Gemüse und manchmal auch Fleisch. Aber Fleisch gab es auch bei den Menschen nicht so oft und so war es für alle etwas Besonderes.

Die Katze fing sich die Mäuse, so bekam sie ihr Fleisch.
Der Hund bekam im Winter die Schlachtabfälle. Denn im
November wurde ein Schwein geschlachtet. Das wurde
im Stall am Haus dick und fett gefüttert mit
Kartoffelschalen und Abfällen. Es war für uns nur ein
Schwein. Es bekam keinen Namen und wurde auch nicht
gestreichelt. Wir sollten es wohl nicht lieb gewinnen,
weil es ja sowieso nicht lange bei uns bleiben würde.
Wenn Schlachttag war, durften wir Kinder nicht auf den
Hof, denn wir sollten nicht sehen, wie das arme Schwein
geschlachtet wurde. Ich habe auch niemals heimlich aus
dem Fenster geguckt, weil ich es nicht sehen wollte,
doch die Schwester hat geschaut und mir alles genau
erzählt, was passierte, obwohl ich es nicht hören wollte.
Es war kein schöner Tag, denn das Schwein hat, bevor es
geschlachtet wurde, furchtbar geschrien, das werde ich
niemals vergessen. Trotzdem haben wir hinterher
geholfen beim Wurst machen und Verteilen der
Wurstbrühe. Jeder Nachbar bekam eine Milchkanne voll,

so war es Brauch (Brauch ist etwas, was die Menschen schon immer so gemacht haben). - Wir hatten auch Hühner. Im Sommer, wenn sie ordentlich Eier legten, gingen wir vor dem Frühstück in den Hühnerstall und holten die Eier aus den Nestern. Das war jedes Mal ziemlich spannend, denn nicht in jedem Nest lag ein Ei. Manchmal saß das Huhn noch auf dem Ei und wir mussten unter den Hühnerbauch fassen, um dem Huhn das Ei zu klauen. Dann wurde gegackert, was das Zeug hielt. Regenwürmer buddelten wir auch manchmal aus, um die dann mit dem Messer zu teilen, damit jedes Huhn ein Stückchen Wurm bekam. Die armen Würmer! Denn es stimmt nicht, dass sie nichts spüren und es stimmt auch nicht, dass ein Stück Regenwurm weiterleben kann. Aber daran dachten wir nicht. Für uns waren sie nur Hühnerfutter. - Für die Kaninchen, die draußen in den Kaninchenställen wohnten, mussten wir im Sommer fast jeden Tag Löwenzahnblätter pflücken.

Meine Schwester und ich waren nicht so begeistert
darüber, wenn Mama uns den Korb in die Hand drückte.
Übrigens machte Mama auch für uns etwas Leckeres aus
dem Löwenzahn. Es gab Löwenzahnsalat, den wir sehr
gerne aßen. Aus Brennnesseln machte Mama Spinat, aus
den Kamillenblüten, das sind die kleinen weißen Blüten,
ähnlich wie Gänseblümchen, machte sie Tee. Das war
dann der Kamillentee, der so gut bei Erkältungen half.
Das alles kostete kein Geld. Was außerdem in unserem
Garten noch so wuchs, war auch für umsonst: Kartoffeln,
Erbsen, Bohnen, Johannisbeeren, Himbeeren, Erdbeeren
und so viel mehr. Einen Gefrierschrank gab es damals
noch nicht. Alles wurde eingemacht, das bedeutet, dass
das Gemüse gekocht und in Gläser gefüllt wurde, die
luftdicht waren. So konnte man alles nach vielen Jahren
noch essen. Aus den Erdbeeren wurde Marmelade und
aus Falläpfeln Apfelmus gekocht. Im Herbst wurden
Kartoffeln ausgebuddelt und in den kühlen dunklen
Keller gebracht für den Winter.

Ich weiß noch, wenn die ersten Kartoffeln aus der Erde gebuddelt wurden, war das etwas ganz Besonderes. Die schmeckten soo gut. Man konnte sie mit der Schale essen, nur mit Quark und Butter und Salz. Das ist heute noch mein Lieblingsessen. Ja, unsere Mutter hatte viel Arbeit damals, das ist heute ganz anders, da kaufen wir alles im Supermarkt. Ich denke oft daran, dass mir Gemüse am besten schmeckt, wenn ich es direkt vom Beet essen konnte, wie zum Beispiel die Möhren. Da klebte meistens noch die Erde dran, die wurde abgeklopft und dann hinein in den Mund. Geschmeckt hat es wunderbar, auch wenn es zwischen den Zähnen knirschte und sicher das eine oder andere Würmchen mitgegessen wurde. - Es war eine schöne Zeit, dort in dem Haus mit den großen Wiesen drum herum, dem Garten, den Tieren, die wir so liebten. Ich denke sehr gerne daran, weil wir es so gut hatten dort, obwohl die Eltern nicht viel Geld verdienten auf dem Bauernhof. - Oh da fällt mir noch etwas ein.

Meine Schwester und ich bekamen damals unsere ersten Fahrräder, unser Vater musste dafür mindestens drei Monate arbeiten. Ich glaube, er verdiente damals 200 Mark (EURO gab es damals noch nicht) im Monat. Ich werde es nie vergessen als wir mit unseren neuen Rädern nach der ersten Tour wieder nach Hause kamen, auf den Hof fuhren und die Räder dort einfach auf die Erde schmissen. Da wurde Papa so böse, dass er uns beiden den Hintern versohlte. Es kam nur zweimal vor in unserem Leben, dass wir Haue kriegten von Papa. Ich kann das gut verstehen, dass er so böse war. Noch heute zucke ich zusammen, wenn ich sehe, dass ein Kind sein Fahrrad einfach so auf die Erde schmeißt.

Ja, Tinchen, so war das damals, als deine Oma noch ein Kind war.

Spiele und Beerdigung

Weißt du Tinchen, womit wir unseren Spaß im Sommer hatten? - natürlich auch mit Verstecken spielen, Fangen spielen, Hinkelkästchen oder Ballprobe - aber ganz besonders viel Spaß machte das Seifenblasenschaumpusten. Da wurde einfach in ein Glas Wasser etwas Spülmittel gegeben und dann mit dem Strohhalm hinein gepustet.

Seifenblasen blubbern über das Glas!

Du glaubst nicht, wie viele Blubberblasen da entstehen und sie schillern in allen Farben, besonders im Sonnenschein. Sie krabbeln am Glas hinunter und manchmal entsteht eine besonders große Blase. Wenn man geschickt ist, kann man die von den anderen trennen und in die Luft entschweben lassen. Das hat uns riesigen Spaß gemacht.

Oder kennst du das Spiel Ballprobe? Da muss man mit einem Ball verschiedene Aufgaben erfüllen. Zum Beispiel, den Ball so oft wie möglich mit der Faust gegen die Wand schmeißen, auf dem Boden hüpfen lassen, ganz hoch und ganz tief, auch so hoch wie möglich und so weit wie möglich werfen und viele andere Proben.

Hinkelkästchen kennst du sicher auch. Da werden mit Kreide sieben Vierecke auf die Erde gemalt oder in den Boden gekratzt mit einem Stock. Wie ein Kreuz sieht das dann aus. Dann wirft man einen kleinen Stein in das erste Viereck, das man dann mit einem Bein überspringen muss und dann hinein in das nächste

Viereck und weiter in die anderen hüpfen ohne mit dem anderen Bein die Erde zu berühren. Dann wird der Stein in das zweite Viereck geworfen und so weiter.

Dann gab es noch das Spiel, na ja eigentlich war es kein richtiges Spiel, Tiere beerdigen. Wenn wir ein totes Tier fanden, einen Vogel oder auch mal eine Maus, dann wurde es beerdigt. Wir legten es in eine Schachtel, suchten eine schöne Stelle aus, buddelten ein Loch und vergruben die Schachtel mit dem toten Tier. Aus kleinen Holzästen wurde ein Kreuz gebastelt und in die Erde auf das Grab gesteckt. Darauf wurde der Name geschrieben, den wir dem toten Tier hinterher noch gaben. - Weil wir neugierig waren und wissen wollten, wie denn so ein totes Tier nach vier Wochen aussieht, wurde es mit einem schauerlichen Gefühl wieder ausgegraben. Wir öffneten vorsichtig die Schachtel. Vor Aufregung zogen wir laut die Luft durch die Zähne und vergaßen ganz und gar wieder auszuatmen, um dann mit einem Iiiihhh,

wie eklig! - alles ganz schnell wieder einzubuddeln.
Denn meistens waren da ganz viele kleine Tierchen in
dem großen Tierchen drin. Das ist ja auch ganz gut so,
sonst würden ja unter der ganzen Erde nur tote Wesen
sein, wenn die Würmchen und die anderen Krabbeltiere
sie nicht aufessen würden. Und außerdem wird wieder
neue gute Erde daraus. Da kann dann wieder etwas
wachsen und so entsteht neues Leben.

Im Garten hatte ich ein Beet. Das war mein eigener
kleiner Garten. Da spielte ich dann Gärtnerin. Ich grub
Gänseblümchen aus und pflanzte sie in meinen Garten
hinein, auch Petersilie wuchs in meinem Garten und
Schnittlauch. Mama hat mir für meinen Garten
manchmal Samen gegeben, dann habe ich Mohrrüben in
die Erde gesät. Aber meistens vergaß ich die kleinen
Pflänzchen zu gießen, wenn sie aus der Erde kamen und
dann waren sie vertrocknet. Ich ärgerte mich sehr
darüber. Meinen Garten habe ich sehr geliebt.

Heute habe ich wieder einen Garten, den ich sehr liebe. Da hast du mich ja schon oft besucht, Tinchen. Wenn du willst, kannst du dir auch ein kleines Beet anlegen.

Ja, Tinchen, so war das damals, als deine Oma noch ein Kind war.

ENDE

Autorin Gudrun Heidenreich, geboren am 03.01.1953 in
Schleswig-Holstein; lebt in Hannover; Geburt der Tochter
1971; Geburt der Enkelkinder 1997 und 2002; nach der
Berufstätigkeit nutzt sie nun die Zeit zum Schreiben von
Erzählungen, Gedichten, Kurzgeschichten und Geschichten für
Kinder sowie für die Veranstaltungsplanung ihrer
Kleinkunstbühne und eigenen Inszenierungen.